LE SANG ET L'OR

DU PEUPLE

MÉDITATION

SUR LES VINGT GOUVERNEMENTS

QUI ONT RÉGI LA FRANCE DE 1789 A 1848

par le citoyen

TARDIF MELLO

Auteur de la *Démocratie des Peuples Européens* et du *Caractère
des Hommes révolutionnaires*

PARIS

CHEZ TOUS LES LIBRAIRES

—

1848

Tous les gouvernements qui se sont succédé ont toujours demandé au peuple du sang et de l'or.

Qui, sans habits et pieds nus, allait se faire tuer à la frontière en 1793? Le peuple.

Qui faisait respecter le sol envahi et menacé par l'étranger? Le peuple.

Qui a, sous le régime impérial, rougi de son sang les quatre parties du monde? Le peuple.

Qui, sous la double restauration, a payé, au prix de ses sueurs, un milliard à l'étranger? Le peuple.

Qui a payé un second milliard aux émigrés? Le peuple.

Qui s'est fait mitrailler les 27, 28 et 29 juillet 1830? Le peuple.

Qui a payé vingt-cinq milliards pendant les dix-sept années du règne de Louis-Philippe? Le peuple.

Qui a refait la fortune de l'ancienne aristocratie? Le peuple.

Qui a enrichi l'aristocratie de l'empire? Le peuple.

Qui a fait la fortune de l'aristocratie bourgeoise? Le peuple.

Qui a fait la fortune des grands dignitaires, des ministres et ambassadeurs de Louis-Philippe? Le peuple.

Qui s'est fait tuer les 23 et 24 février? Le peuple.

Qu'a-t-on fait pour le peuple jusqu'à l'avénement de notre glorieuse République? Rien.

LES GOUVERNEMENTS

1789 A 1848

1er   Royauté.

2e   Assemblée des Notables.

3e   États généraux.

4e   Assemblée nationale.

5e   Constituante.

6e   Législative.

7e   Convention ,   { Jacobins. / Montagnards.

8e   République ,   { Commune. / Cordeliers.

9e   Comité de salut public.

10e   Tribunal révolutionnaire.

11e   Terreur.

12e   Directoire ,   { Conseil des Anciens / Conseil des Cinq-Cents.

13e   Consulat.

14e   Consulat à vie.

15e   Empire.

16e   Première restauration.

17e   Les Cent jours.

18e   Deuxième restauration.

19e   Règne constitutionnel de 1830.

20e   République française.

LES GOUVERNEMENTS

A quoi servent, grand dieu, les tableaux que l'histoire
Déroule sous ses doctes mains ?

AUGUSTE BARBIER.

Quoi ! jamais de répit pour la classe qui souffre !
Quoi, toujours même chose et toujours même gouffre !
Comment après ce qu'a créé quatre-vingt-neuf,
Rien encor d'assuré, rien de grand, rien de neuf !
Un combat soutenu pendant soixante années
N'a point du monde encor changé les destinées !
Il n'a point dit au peuple, en lui montrant la loi :
Tu n'as plus qu'un seul maître, et ce maître c'est toi !!
    Afin que pût surgir une œuvre aussi sublime,
On croyait que le temps avait usé sa lime.
Mais un jour on cria : — C'est la hache qu'il faut ;
Pour les rois imposteurs se dresse l'échafaud.
Les Anglais ont tué leur royauté parjure ;
Eh bien ! pour nous, Français, Capet est une injure ;

Son règne est désormais impossible, impuissant,
Que sa tête bondisse, et qu'en rebondissant,
Elle effraye les rois, qu'elle les avertisse
Que le peuple, en ses mains, tient la main de justice.
Le peuple brisa tout ; mais, après la tempête,
Il écouta la voix de plus d'un faux prophète ;
Fatigué du triomphe, il a, trop généreux,
Oublié que les rois ne sont rois que pour eux,
Qu'une fois appelés, une fois sur leur trône,
Ayant le sceptre en main, au front une couronne,
Ils ont, par certain droit que l'on ne connaît pas,
Celui, bon gré mal gré, de régner ici—bas,
Celui qui, disent-ils, par douces sympathies,
Leur a fait une loi d'asseoir leurs dynasties,
Non dans leur intérêt, mais pour mettre l'accord
Entre ceux qu'en leurs mains abandonna le sort.

Je n'ai point oublié l'époque transitoire
Qui de quatre—vingt-treize arrive au Directoire ;
Je n'ai point oublié ces Gracchus glorieux,
Qui, braves, éloquents, illustres, sans aïeux,
Tenant toujours au poing leur invincible ceste,
Au monde consterné commandaient d'un seul geste,
Dont la sévérité, dont l'inflexible voix,
Avaient anéanti les abus que je vois ;
Qui, pour sauver le sol des Gaules alarmées,
Nouveaux Deucalions, créaient quatorze armées.
Mais de leurs mains trop tôt s'échappa le pouvoir !
A ces hommes de fer qui, sachant tout prévoir,

Avaient, dans leur essor, dans leur âme romaine,
Compris la dignité de la nature humaine ;
A ces sages Dracons, nos régénérateurs,
Qui vit-on succéder ? cinq pauvres dictateurs,
Tribuns empanachés, débiles automates,
Qui, de leur bonnet rouge effaçant les stigmates,
Voulaient, en affichant de fictives vertus,
Se faire descendants du pur sang de Brutus.

Mais, tout à coup, un homme pâle
Au coup d'œil d'aigle, aux cheveux plats,
Noir encor de poudre et de hâle,
Leur dit : — « Vieillards, retirez-vous ;
« Vous n'êtes plus les fils de Sparte ;
« De Fructidor souvenez-vous :
« Moi, je m'appelle Bonaparte,
« Je veux le monde à mes genoux ;
« Je viens d'une nouvelle école
« Où l'on m'a dit pour ma leçon :
« Quand on passe le pont d'Arcole,
« On peut passer le Rubicon.
« Laissez-moi la chose publique,
« Je serai plus grand que César ;
« Vous verrez tous la République
« Tremblante attelée à mon char. »

A ces mots de sa main d'Hercule,
Comme Louis-Quatorze, ivre d'ambition,

Il fait tomber Barras de sa chaise curule,
        Et dit : « Je suis la Nation. »
        Bientôt la toge consulaire,
        Dont la France le revêtit,
    Dans son orgueil lui sembla trop légère ;
        Plus vaste était son appétit.
        Dès lors, ainsi que Charlemagne,
        Se croyant l'envoyé du ciel,
A ses pieds il foulait la Gaule et l'Allemagne,
Il rêvait dans son cœur l'empire universel.
Des rois épouvantés les stériles colères
        En vain se liguaient contre lui ;
Un astre étincelant de lauriers séculaires
Lui disait que demain serait comme aujourd'hui :
        A sa mémoire, ainsi que des fantômes,
Apparaissaient Lodi, Monthabor, Aboukir,
Ce qu'il avait conquis de gloire et de royaumes
Entre l'Adige et l'Elbe et le Guadalquivir...
        Mais un jour que la renommée
        Le proclamait l'élu du sort,
Le monde entier l'a vu, sans drapeaux, sans armée,
Jeté comme une feuille au gré du vent du nord ;
Sublime de génie, immense de courage,
Illustre naufragé, contre le cours de l'eau
Il lutta. — Mais pour lui tout ne fut que mirage ;
Le soleil d'Austerlitz mourait à Waterloo ;
Et l'aigle qui planait du Tage au Borysthène,
        Allait sur le *Bellérophon*,
        Et sur le roc de Sainte-Hélène,

Accompagner Napoléon.

· De la scène du monde, ainsi qu'un météore,
Il n'eût point disparu dans l'éternelle nuit,
S'il s'était rappelé sa populaire aurore,
S'il s'était rappelé que tout passe et tout fuit;
S'il avait dit : « Je crains l'aloès des louanges,
  « Je sais les chances du hasard;
  « Laissez-moi les braves phalanges
  « Qui gravirent le Saint-Bernard.
  « Mon étoile n'est point trompeuse;
  « A moi, destructeurs des Tarquins,
  « A moi, soldats de Sambre-et-Meuse,
  « Invincibles républicains.

  Belle France! toi, souveraine,
  Toi, maîtresse de l'univers,
Qui t'aurait jamais dit que les fils de l'Ukraine
  Viendraient aux rives de la Seine,
  Se consoler de leurs hivers?
  Qu'un jour Louis le dix-huitième,
  Caduc, sur son trône lié,
  Porterait son vieux diadème,
Sans avoir rien appris, rien su, rien oublié?

  Mourant, il disait à son frère :
  « Le sceptre a tenu dans ma main;
  « Mais prends bien garde, téméraire,

« Au jour qu'on appelle demain :
« Malgré l'éclat qui t'environne,
« Sous le faix crains de succomber.
« Si lourde que soit ta couronne,
« Le vent peut la faire tomber. »

Ces mots eurent le sort du torrent qui s'écoule ;
Charles-dix était endormi ;
Il demanda la sainte ampoule
Au successeur de saint Rémy.
Dès lors la secte paternelle
Des sectateurs de Loyola
Près de lui faisant sentinelle,
L'œil au guet fut constamment là. —
« Sire ! Vous êtes fils de France,
« Disait-elle, mais pas en vain ;
« Adoucissez notre souffrance ;
« Ainsi le veut le droit divin. —
« Le royaume a payé naguère
« Un milliard à l'étranger ;
« Eh bien ! que font ces frais de guerre ?
« Au grand-livre on doit les ranger.
« Consultez monsieur de Villèle !
« Ainsi que nous, il vous dira
« Que chaque émigré fut fidèle,
« Qu'à jamais il vous bénira,
« Si, pour prix de vingt ans d'absence,
« De son dévoûment aux Bourbons,
« Sur le trésor, pour récompense,

« Vous lui donnez rentes ou bons ;
« Si la France, aux fortes mamelles,
« Enfantant un second milliard,
« Pour terminer toutes querelles
« A chacun d'eux donne sa part.
« Allez plus loin, mais cela presse
« Et choisissez des hommes forts ;
« Par décret bâillonnez la Presse !
« Qu'elle expire sous nos efforts.
« A vous Bourdeau, La Bourdonnaie ;
« Méfiez-vous de Martignac ;
« Choisissez, pour battre monnaie,
« Et Peyronnet et Polignac.
« Aux Français vous unit un pacte
« La Charte, engagement sacré ;
« Fi donc ! — Mais ce n'est là qu'un acte
« Qui ne fut jamais consacré. »
Et Charles, à son insu perfide,
Obéissant à ce conseil,
Signant l'arrêt liberticide,
Dormit, sans prévoir le réveil.

Tandis qu'il dormait une trombe
Noire planait au haut des cieux ;
L'éclair brille, la foudre tombe
Et brise Charle et ses aïeux. —
Plus de palais, de royale famille,
Ni même ce soleil qui sur elle brillait ;
Les conquérants de la Bastille

Étreignaient dans leurs bras les vainqueurs de Juillet,

Et le roi septuagénaire,
Pour avoir trahi son serment,
Allait sur la terre étrangère,
Pleurer sur son aveuglement.

La France croyait être libre;
Déjà s'ébranlait l'univers;
Déjà, de la Vistule au Tibre,
Les nations brisaient leurs fers.
De ce volcan déjà les laves
Incendiaient trônes et rois,

Lorsqu'un Machiavel, flanqué de ses esclaves,
A la lave opposa ses chimériques droits;

Et cet homme était l'homme sombre
Qui, près de quarante ans,
Pygmée, avait rêvé, dans l'ombre,
Que l'or peut vaincre les géants.

C'était Égalité, renégat politique,

N'ayant que soi seul pour ami,
Jacobin sous la République,

Et qui, la trahissant à Jemmape, à Valmy,

Allait en Suisse, affichant son courage,
Ainsi que Denis le tyran,

Se faire, en attendant que disparût l'orage,

Maître d'école à tant par an.

Mais au temps révolu, la royale couleuvre,

De Neuilly dans Paris, se glissant avec art,
Comme un libérateur, pour achever son œuvre,
Apparut comme par hasard. —
« Mes amis ! plus de branche aînée !
« Français, dit-il, les vieux Bourbons sont morts ;
« Je vous offre ma destinée,
« Elle est pure, elle est sans remords.
« Plus jeune, plus brave est ma race ;
« Je ne date que des Valois,
« C'est vrai ; mais que je vous embrasse !
« Élevez-moi sur le pavois.
« Venez tous, mes chers camarades,
« Mon seul désir est votre bien ;
« Je suis le roi des barricades,
« Je serai le roi citoyen.
« Entendez Lafayette et ses mots prophétiques ;
« Ne m'a-t-il pas nommé, soufflé par Washington,
« Malgré les qu'en dira-t-on,
« La meilleure des Républiques ?
« Je n'estimai jamais que le fier Guillaume-Tell,
« Mazaniello, Cromwell,
« Marat, Danton, Carrier, Saint-Just et Robespierre
« Dont les noms seuls faisaient trembler la terre entière ;
« Je veux pour arriver à la postérité,
« Que la Charte à jamais soit une vérité ;
« A dater d'aujourd'hui votre vie est immense ;
« Le mensonge a fini, la vérité commence ;
« Tous vos jours, désormais, seront calmes et beaux ;
« Je veux que sous mes pas naissent des Mirabeaux.

« Mes peuples, à l'abri de toutes jongleries

« Verront jour à travers les murs des Tuileries.

« Je serai votre égal, et mes deux parlements

« Pourront vous affirmer que jamais je ne mens.

« Vous voulez m'accorder une liste civile ;

« Je la prends, mais je veux que dans ma grande ville

« Et qu'entre mes sujets opulents ou petits

« Vos douze millions sagement répartis

« Puissent fructifier sur la française terre ;

« Car l'or comme le sang a besoin d'une artère :

« Je serai cette artère, et ses pulsations

« Feront battre le cœur des populations.

« La richesse est un art que je veux vous apprendre.»

Quel peuple à cette glu ne se fût laissé prendre?

A moins d'être taxé de fou, de factieux,

Qui n'eût pas accepté ces mots tombés des cieux?

Et Philippe fut roi ! — Plus faux que Louis-onze,

Craignant surtout le feu qui fait tonner le bronze,

Il voulut s'appuyer d'abord au nom de Dieu,

Sur la paix à tout prix et le Juste-Milieu ;

Dès lors, consolidant, choyant ce double thême,

Il n'admit plus que ceux qui, flattant son système,

Allèrent proclamer dans le pays entier,

Qu'on n'était point Français si l'on n'était rentier ;

Dès lors, sûr du succès, fort de sa bourgeoisie,

Il ne mit plus de frein à son hypocrisie ;

Et l'affreuse avarice, assise à ses côtés,

Lui montrait des sacs d'or comptés et recomptés. —

« De l'or, se disait-il, lui seul rend des oracles,

« Lui seul peut désormais enfanter des miracles!...
« Non! plus de Jéhovah, plus de Christ rédempteur...
« Place au dieu de métal; place au dieu corrupteur !
« Le vieux monde suivra toujours la même route ;
« A cent cultes divers il a fait banqueroute,
« Mais à celui de l'or, s'il faillit un instant,
« Il y revient toujours soumis et repentant...
« Avec de l'or, je veux ceindre le diadème...
« Qu'on m'en donne... je veux marchander Dieu lui-même,
« Arracher la tiare au pontife romain,
« Comme la cire au feu pétrir le genre humain. »
Rapaces comme lui, les banquiers ses apôtres
Le prirent pour exemple, et les uns et les autres
Fouillant à pleines mains au trésor de l'État,
Allèrent à la Bourse établir leur sénat.
Pour consacrer leurs vols on a vu ces Macaires
Vingt fois contre le peuple exciter leurs sicaires,
Et jamais Mazarin, Fouquet et les Traitants
N'ont fait autant de mal que pendant dix-huit ans
N'en ont fait tous ces loups, ces vautours, ces avares,
Plus cruels que les Huns, les Goths et les Avares.

La France, aux flancs d'airain, à l'héroïque taille,
A rougi de son sang mille champs de bataille,
Trente mille Français furent pendant quinze ans
Immolés, mois par mois, aux fureurs des tyrans;
Mais au moins le soleil qu'on appelle la Gloire,
Conduisait nos soldats de victoire en victoire. ---
Mais que nous ont laissé Philippe et ses lions?

Ils nous ont pris par an quinze cents millions,
Avec quoi, calcul fait, depuis dix-huit cent trente,
Ils ont acquis des biens d'incalculable rente ;
Philippe dans les francs concentrant son amour,
En absorbait lui seul trente mille par jour,
Et suivant, pas à pas, son infernale route,
Le monarque usurier rêvait la banqueroute.

TARDIF MELLO.

Paris, ce 15 mars 1848.

LA RÉPUBLIQUE PROCLAMÉE EN 1840

Par le citoyen Tardif Mello

Lorsque je livrais au public mon ouvrage intitulé : *La Démocratie des Peuples européens et Caractère des hommes révolutionnaires morts et vivants*, Lamennais, dont le nom rappelle le sentiment du patriotisme le plus sublime et le plus éclairé, m'écrivait le 8 mars 1840, une lettre qui consacrait la haute portée de mon œuvre, lettre rapportée dans *la Presse* du 13 juin 1840, dans les termes suivants :

« Auteur de plusieurs ouvrages justement estimés, M. Tardif Mello vient de publier un livre grave et sérieux, digne de fixer l'attention de tous les hommes que préoccupent les hautes questions qui se rattachent à l'avenir des peuples. Cet ouvrage est intitulé : *Démocratie des Peuples Européens*. L'accueil le plus favorable était réservé à ce grand et important travail. La lettre adressée à l'auteur par Lamennais, est au nombre des suffrages les plus honorables qu'il pouvait ambitionner. »

Paris, le 8 mai 1840.

« Comme vous le désiriez, Monsieur, j'ai lu votre ouvrage avant
« de vous remercier de me l'avoir envoyé, et je vous en remercie
« davantage après l'avoir lu. La seconde et la troisième partie, intitulées, l'une *Réflexions sur les divers Gouvernements*, l'autre
« *Démocratie*, m'ont surtout frappé. Elles me semblent renfermer
« des enseignements aussi élevés qu'utiles. Vous y combattez avec
« une force pleine de sagesse et de modération des idées fausses et
« dangereuses, propres seulement à retarder l'avenir que nous attendons. Plût à Dieu que votre voix eût beaucoup d'échos dans la
« presse; les jours mauvais seraient abrégés. Deux choses nous perdent : le désordre des pensées et le matérialisme des mœurs. Continuez, Monsieur, d'éclairer les esprits qui s'égarent, et de réveiller
« au fond des âmes, avec les sentiments généreux, le patriotisme qui
« s'éteint. Il n'est point de plus belle mission.

« Agréez, Monsieur, l'expression de mes sentiments très-dévoués.

« F. LAMENNAIS. »

Page 189 de mes *Peuples Européens*, je faisais ainsi parler la Démocratie :

« J'admets un président de la République, qui sera reconnu
« par la mère patrie comme son meilleur citoyen ; il brillera de
« tout l'éclat du choix qui aura été fait de lui. Sa position sera
« belle et glorieuse, car je veux qu'il contribue à ma gloire, à ma
« beauté. Il sera responsable et se portera caution de ses ministres,
« car le siècle m'a appris à me méfier des compères. Il sera riche et
« grand, mais il n'absorbera pas, à lui seul, l'existence de cent mille
« de mes enfants. Il sera électif, car l'hérédité tue le principe d'éga-
« lité qui fait mon essence. Qu'il soit vertueux, le peuple est trop
« juste pour ne pas le continuer dans ses fonctions. Les ministres
« recevront de moi des témoignages de munificence qui répondront
« à la hauteur de leur mission, mais j'aurai un Panthéon pour les
« bons, et des chaînes perpétuelles pour les méchants. Mes députés,
« je ne les choisirai pas parmi les grands de la terre ; ils seront élus
« parmi les dignes, c'est-à-dire, parmi ceux qui me chériront le plus ;
« un représentant du peuple doit être vierge. Une loi établira leur
« position sociale. Payés par moi, ils devront rendre compte de leur
« conduite et de leur gestion à moi et à leurs commettants. Plus de
« cumul, de sinécures, de népotisme ; des candidatures pour tous
« les emplois. L'armée ne sera plus prétorienne ; elle sera nationale.
« Chaque citoyen devra, pour le moins, savoir lire, écrire et compter,
« sous peine de perdre ses droits civiques. Les administrateurs des
« hôpitaux, convaincus de malversations, les agents de surveillance,
« chefs ou sous-chefs reconnus pour avoir nourri leur luxe aux dépens
« du pauvre, du malade, de la veuve et de l'orphelin, seront impi-
« toyablement traduits devant mes tribunaux et punis des peines les
« plus sévères dictées par la justice humaine. Je serai draconien
« pour les juges et les magistrats iniques, pour les faux témoins.
« J'établirai l'impôt progressif, parce que ce n'est pas au pauvre à
« nourrir le riche, mais au riche à nourrir le pauvre. L'industrie, le
« commerce, les sciences, les arts me nourriront, parce que je serai
« pour eux une mère tendre et prévoyante. Je leur ouvrirai des
« sources d'inaltérables prospérités. L'agriculture jouira d'une pro-
« tection spéciale. Je dessécherai les marais fétides, je défricherai les
« landes. Mes hommes seront les plus braves de l'univers. J'aimerai

« la paix par dessus tout ; mais malheur à ceux qui me blesseront
« dans mon honneur ! alors mes vaisseaux traverseront les mers ; mes
« armées passeront comme la foudre sur la terre de mes ennemis ;
« ma vengeance n'aura de bornes que la grandeur de mes droits.

« Je m'arrête. J'ai rêvé la République de Platon ; j'ai rêvé le règne
« de la Justice, et à quelle époque me suis-je avisé de tracer un sem-
« blable gouvernement ! lorsque tout est vénal, corrompu, lorsqu'on
« tient marché de consciences et de convictions, lorsque quelques
« éclairs de vérités brillent seulement au sein des ténèbres enfantées
« par le mensonge et la perfidie. »

Voilà comme je prédisais, en 1840, l'avénement de la République,
telle que la nation vient de la saluer avec enthousiasme le 24 février 1848.

Page 11 de mon Introduction, je prouvais que la République est le
seul gouvernement qui convienne à la France.

« Que le 10 août ait tué la Royauté, le 9 thermidor foudroyé Ro-
« bespierre, le 18 brumaire égorgé la République, l'Empire anéanti
« le Consulat, la Restauration jugulé l'Empire, les barricades de
« Juillet écrasé la Restauration, qu'importent toutes ces mutations
« au grand principe sorti de 89, rayonnant, immuable, indestructible
« comme le soleil ? Les comètes politiques l'approchent dans leurs
« orbes excentriques, mais bientôt elles disparaissent par cette force
« répulsive, garantie de l'éternité par qui tout vit, par qui tout res-
« suscite. Le monde a plus vécu depuis cinquante années qu'il n'avait
« vécu pendant cinquante siècles. Devant l'effrayante rapidité avec
« laquelle se succèdent les événements, l'antiquité reculerait de stu-
« peur et d'admiration. Que tout à coup les grands génies des siècles
« passés se lèvent de leurs tombeaux, qu'ils assistent au drame dont
« nous attendons le dénouement ; que diraient-ils en voyant la charte
« du monarchisme en lambeaux, la religion expliquée par la morale
« et la philosophie, la morale par l'intérêt public, le mensonge omni-
« colore démasqué par la presse, la vérité debout au milieu des
« ruines de l'imposture, la vérité pulvérisant tous les faux pro-
« phètes ? »

Cette œuvre sublime devait être accomplie en 1830 ; jamais cir-
constance ne fut plus large, plus favorable au nivellement social ;
trois jours avaient suffi pour proclamer la puissance populaire, la

seule forte, la seule légitime. Là se trouvaient en présence la légalité contre l'injustice et la perfidie, le droit et la raison contre la folie et le vertige; un peuple entier s'était levé au nom de la loi; là, point de question d'égoïsme, point d'amer sentiment; là, au sein de la pensée la plus noble et la mieux comprise pouvaient être consacrés ces principes purs d'égalité et de fraternité, heureux enfants de la plus formidable réaction consignée dans les annales des siècles. Mais il faut le croire, l'acte régénérateur n'était pas encore parvenu à sa maturité; dix transitions gouvernementales, en quarante années, n'avaient pas assez éclairé le monde; Jugurtha n'avait pas encore acheté la République, il fallait prouver aux hommes et leur petitesse et leur corruption; il fallait que du bout du doigt l'univers touchât ses misères et ses turpitudes; il fallait montrer à nu le squelette et consigner dans l'histoire qu'une lèpre invétérée corrodait les viscères du corps social. Ce n'était plus le sang qui devait animer et vivifier la grande famille; à l'or, à l'or seul était réservé le droit de bourgeoisie.

Quelles pénibles et palpitantes réflexions ne fait pas naître une vérité malheureusement si palpable! quel avenir d'impossibilité ne fait-elle pas rêver! En effet, à bien examiner les choses, après avoir fouillé dans le passé, bien étudié les hommes comme ils furent, comme ils sont, comme ils seront, en faut-il conclure que la République est impraticable? Non, cette assertion serait un crime de lèse-humanité; mais ce gouvernement doit reposer sur des bases indestructibles, comme celles de la nature; car, il faut bien le reconnaître, jusqu'ici, il n'y a pas eu de république. Depuis Sparte et Athènes, depuis Rome jusqu'à Gênes et Venise, et de nos jours, en France, on n'a fait que de la jonglerie démocratique. Sans doute, tout peuple a besoin de chefs et de magistrats, mais sous la dénomination d'archontes, d'éphores, de suffètes, de consuls, de tribuns ou de dictateurs, qu'a-t-on vu autre chose que des oppresseurs ou des tyrans?

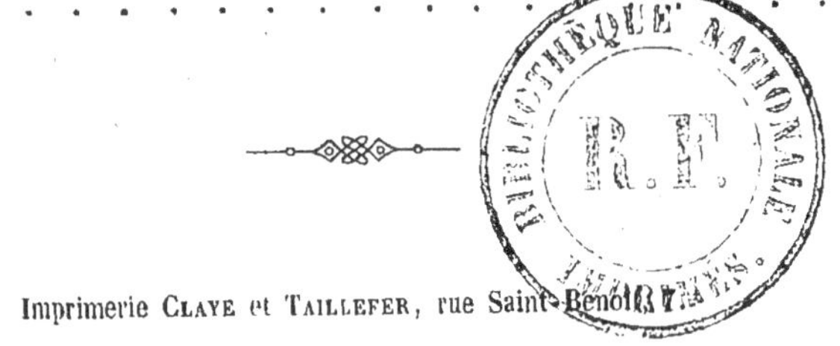

Imprimerie CLAYE et TAILLEFER, rue Saint-Benoît, 7.